আণুবীক্ষণিক

দীপজ্যোতি গাঙ্গুলী

Anubikkhonik

A Collection of Bengali stories

By Dipjyoti Ganguly

প্রকাশকাল- মে, ২০২২

গ্রন্থস্বত্ব- লেখক

প্রচ্ছদ- দেবরাজ গাঙ্গুলী

প্রকাশক- নেট ফড়িং

বিষয়বস্তু

উৎসর্গ

দাদুভাই, পুণ্য মাসি, ও তাদের সকলকে...
যারা না থেকেও থেকে যায় নানান 'বীক্ষণিক' ও 'আণুবীক্ষণিক'
স্মৃতিতে।

১

সলাই

❦

"দাদা একটা সলাই হবে?"

কথাটা শুনেই খবরের কাগজটা ছেড়ে মাথা তুলে তাকালেন রাজুদা।

"হ্যাঁ হবে। এই নিন।"

"অনেক ধন্যবাদ। এত রাতে তো প্রায় সব দোকানই বন্ধ। ভাগ্যিস আপনার দোকানটা খোলা ছিল। সিগারেটটা ধরাতেই পারছিলাম না।"

"তা বটে। এই এলাকায় আমি ছাড়া আর কেউই রাত দশটার পরে দোকান খোলা রাখেনা।"

"যদি এক কাপ চা পাওয়া যায়। তাহলে বেশ ভালো হয়।"

"হ্যাঁ অবশ্যই। এখনই দিচ্ছি।"

বলেই রাজুদা ভিতরের ঘর থেকে চা নিয়ে আসতে গেলেন।

"এই যে দাদা আপনার চা... দাদা! ও দাদা! কোথায় গেলেন, দাদা..."

হঠাৎই লাইটটা নিভে গেল। আর ঠিক তখনই একটা ঠক আওয়াজে ঘুমটা ভেঙে গেল রাজুদার। মেঘলা আকাশ, কখন যেন চোখ লেগে গিয়েছিল। ঘুম ভাঙতেই ঘড়ির দিকে তাকালেন রাজুদা। রাত দুটো বাজে। নাহ, এবার দোকান বন্ধ করতে হয়। এই ভেবে উঠতেই যাচ্ছিলেন চেয়ার ছেড়ে, ঠিক তখনই কথাটা শুনতে পেলেন,

"দাদা, একটা সলাই হবে?"

2

শেষ টেলিফোন

টেলিফোন টা বেজে উঠলো,

ক্রিং ক্রিং

"হ্যালো"

"হ্যালো বাবা, কেমন আছো?"

"বাবু তুই! কতোদিন পর ফোন করলি। কেমন আছিস? কবে ফিরবি বাড়ি?"

"ঠিকই আছি। জানো বাবা, সেই কবে থেকে ছুটির জন্য আবেদন করছিলাম। অবশেষে পেলাম। পরশু বাড়ি ফিরছি।"

"তাই, তাই? আয় রে, দু-বছরের ওপর হয়ে গেল বাড়ি আসিসনি।"

"হ্যাঁ বাবা এবার বাড়ি যাবো। অনেক কাজ পরে আছে। ভাবছি এবার বাড়িতে ছাদটার মেরামত করাবো। আরো একটা ছোট ঘর বানাবো পেছনের দিকটায়। তোমাকেও এবার একজন ভালো হার্ট স্পেশালিস্ট দেখাবো। অনেক কাজ পরে আছে বাবা। অনেক কাজ। মা কোথায় গো?"

"এই নে মায়ের সাথে কথা বল।"

"হ্যালো বাবু, কেমন আছিস বাবা?"

"ভালো আছি মা। তুমি চিন্তা কোরোনা। বাড়ি আসছি খুব তাড়াতাড়ি। প্রিয়া কেমন আছে?"

"ও ভালোই আছে। কথা বলবি ওর সাথে?"

-"হেমন্ত দাস, বাস রেডি। আমাদের বের হতে হবে।"

"মা, এখন রাখছি। পরে কথা হবে।"

না, আর কথা হয়নি। বাড়িও ফেরা হয়নি। পরদিন সকালে দু-বছর পর ছেলের মুখ দেখতে হয়েছিল টিভির পর্দায়। পুলওয়ামায় বোমা বিস্ফোরণে মৃত ভারতীয় সৈনিক হেমন্ত দাস।

৩

কথা দিলাম

হ্যাপি ভ্যালেন্টাইনস ডে সৌদিক। এভাবেই থেকে যাবো তোর সাথে সারাটা জীবন। কথা দিলাম। রাখবি তো নিজের করে?

কথাগুলো শুনে সৌদিকের সারা শরীরে বিদ্যুৎপ্রবাহ হয়েছিল মুহূর্তের জন্য। পিছনে ঘুরে তাকাতেই মুহূর্তের স্বপ্ন চুরমার হয়ে গেল। দুজন কমবয়সী ছেলে মেয়ে প্রেম বিনিময় করছে।

ওরাও করেছিল, আজ থেকে বছর কুড়ি আগে। কিন্তু সেসব ধোপে টেকেনি। 'আজ বছর কুড়ি পর ও এখন অন্য কারো বর, অন্য কারো ঘর।'

আজ অনেক বছর পর নিজের নাম আর চেনা প্রমিস শুনে বুকের ভেতরটা আবার চিনচিন করে উঠেছিল। খুব ভালো লাগলো বাচ্চা ছেলেমেয়ে দুটোকে। কাউন্টার থেকেই ডাক দিলো একটা ওয়েটারকে।

আপনাদের জন্য এই ভ্যালেন্টাইনস স্পেশাল কেক। স্যার পাঠিয়েছেন রেস্টুরেন্টের পক্ষ থেকে।

দুজনের মুখেই ফুটে উঠলো এক অনাবিল হাসি। এভাবেই সৌদিক মনে মনে বাঁচিয়ে তুললো নিজের অসমাপ্ত প্রেমকে।

4

কাউন্সেলিং

ডাক্তারবাবু আসলাম।

"হ্যাঁ, বসুন এখানে।" বলেই সামনে রাখা সোফাটাকে ইঙ্গিত করলো কল্লক। তারপর একনজর দেখল দুজনকে। জিজ্ঞেস করলো,

"লাভ ম্যারেজ?"

"হ্যাঁ স্যার।" বলেই মৃদু হাসলো ছেলেটা।

"কত বছর হলো বিয়ের?"

"এই তো সামনের মাসের চার তারিখ চার বছর হবে।"

"চার বছর! তো এতদিন পর কি এমন হলো যার জন্য কাউন্সেলিং এর প্রয়োজন পড়লো?"

কথা বলার মাঝেই মেয়েটিকে তিন চারবার ভালো করে লক্ষ্য করলো কল্লক। কিছুতেই থাপ খুলতে পারছিল না। এবার হঠাৎই বলে উঠল,

"কেন এমন কোথাও বলা আছে নাকি যে বিয়ের চার বছর হয়ে গেলে স্বামী-স্ত্রীর মধ্যে ভুল বোঝাবুঝি হতে পারেনা? ভালোবাসা কমে যেতে পারেনা? তারা সাংসারিক জীবনে অখুশি হতে পারেনা?"

"না, কোথাও বলা নেই। আর সেই জন্যেই তো জানতে চাইলাম, কি এমন হলো যার জন্য কাউন্সেলিং এর প্রয়োজন হলো?"

ছেলেটি বলল,

"আসলে স্যার আমি একটা প্রাইভেট কম্পানিতে চাকরি করি। বুঝতেই তো পারছেন কিরকম চাপ! তার ওপর বাবার শরীরটা ভালোনা। পেচ্ছাপের সমস্যা হয়েছে। এসব কিছু দেখে তারপর পৃথাকে আলাদা করে সময় হয়তো

সেভাবে দিতে পারছিনা। আমাদের আগের মতো ভালোবাসা হয়তো কোথাও হারিয়ে যাচ্ছে। তাই পরিস্থিতি আরো খারাপ হবার আগেই আপনার কাছে চলে এলাম।"

"বেশ করেছেন। আপনার নাম?"

"স্যার, আমি সমাদর।"

"দেখো সমাদর, আমি রোজ তোমাদের মতো অনেক লোককে ডিল করি। তাদের হাজারো সমস্যা। কিন্তু একটা কথা জানো তো, সব সমস্যার সমাধান যদি বিচ্ছেদেই হয়ে যেত, তাহলে ভালোবাসাও পৃথিবী থেকে চিরতরে উবে যেত। তাই বিচ্ছেদের চিন্তা প্রথমেই মাথা থেকে উড়িয়ে দাও।"

"ভালোবাসা, সম্মান, বোঝাপড়া এই জিনিস গুলো সম্পর্ক থেকে উবে গেলে কখনো কখনো সেই সম্পর্কে দাড়ি টানতেই হয়।" মেয়েটি বলল।

"তাই? তাহলে একটা গল্প বলি শোনো...

একটানা বেশ কয়েকদিন থেকে ঝগড়া হচ্ছিল। মাত্র ইউনিভার্সিটির পড়া শেষ হয়েছে আমার। চাকরি পাওয়ার চিন্তা মাথায়। কিছুতেই সময় দিতে পারছিলামনা ম্যাডামকে। ওর মনে হতো আমি ওকে ধোঁকা দিচ্ছি। কিছুতেই বোঝাতে পারলামনা ওকে। চলে গেল ও।

প্রথমে ভেবেছিলাম হয়তো আবার ফিরে আসবে। ফিরলো না। এক মাস কেটে গেল। ভেঙে পড়েছিলাম ভেতর থেকে। মনে হচ্ছিল, থেকে গেলে কি খুব ক্ষতি হয়ে যেত।

খুব মিস করতাম ওর ডিওডোরেন্ট-এর গন্ধ, ওর হাত নাড়িয়ে কথা বলা, গঙ্গার ধারে বসে সিগারেটের কাউন্টার আর গলা জড়িয়ে চুমুর গল্প আঁকা। এখনো করি।

এখনো বারবার মনে হয় যদি সেদিন আটকাতে পারতাম তাহলে আজ হয়তো এমন দিন দেখতে হতো না।

জানো সমাদর, তোমার কাছের মানুষ যখন তোমায় একলা ফেলে দূরে চলে যায়, পৃথিবীর সব রং মুছে একমুঠো ছাই হয়ে যায়। তাই নিজেদের বন্ডিং আরো দৃঢ় করো।

আর ম্যাডাম ডাল ভাতের মর্মটা একটু বুঝতে শেখ। বিচ্ছেদটা সবাই নিতে পারেনা।

আজ তবে এইটুকুই থাক। পরে দরকার পড়লে আবার এসো।"

সমাদর হেসে বাইরে চলে গেলো। পৃথা ও বেরিয়ে যাচ্ছিলো। কল্পকে ডাকলো, বললো-

"ছেলেটা ভালো, ছেড়ে যাস না। নিতে পারবে না।"
পৃথার চোখ ভিজে গেল জলে। জিজ্ঞেস করলো,
"আজও ভালোবাসিস?"
কল্লোক মৃদু হাসলো। বললো, "আফটার অল দিস টাইম... অলওয়েজ।।"

5

সুবিচার

আজ শুনানি ছিল কোর্টে। সকাল থেকেই বেশ চিন্তায় ছিল সৌরিত। এই নিয়ে ছয় নম্বর কেস লড়ছে ও ধর্ষণ কাণ্ডের মামলায় ধর্ষিতার হয়ে। আর প্রতিবারের মতো এবারও ও চায় কেসটা জিতে ভিকটিমকে সুবিচার পাইয়ে দিতে।

অবশেষে আসলো সেই সময়। বিচারক শোনালেন ওনার বিচার। আর কথা শেষে আবারও হাসি ফুটলো সৌরিতের মুখে। মনে মনে লাফিয়ে উঠল ও চেঁচিয়ে বলতে ইচ্ছে করলো – হররে!

হ্যাঁ, সত্যিই খুব আনন্দ হয় ওর। কেস জিততে না। ধর্ষিতাদের সুবিচার পাইয়ে দিতে। মনে হয় প্রতিবার যেন সুবিচার পায় ও নিজে আর বারবার হারিয়ে দেয় সেই ছোটবেলার ইতিহাসের ম্যাডামকে যে বারবার পড়ানোর অছিলায় ছুঁয়ে নিতে চাইতো ওর নাবালক শরীরকে।

৬

প্রতিশোধ

ছোট থেকেই বুবুনের পড়তে মন চায়না। শুধু ইচ্ছে হয় নদীর পাড়ে বসে সূর্যাস্ত দেখতে, পাড়ার ছেলেদের সাথে কাদা মাঠে ফুটবলে লাথি মারতে, সন্ধ্যের সময় ক্লান্ত পাখিদের ঘরে ফিরে যাওয়া দেখতে।

মিশেলপুর গ্রাম থেকে সদ্য শহরে এসেছে ও। এখনো ঠিকমতো বন্ধু পাতিয়ে উঠতে পারেনি। বাবা নিয়ে গিয়ে ভর্তি করে দিয়েছে সরকারী এক স্কুলে। কিন্তু সেখানকার ছেলেগুলোর সাথে কেমন যেন মিশতে পারছেনা ও। তাই রোজ স্কুলে গিয়ে বসে থাকে শেষের বেঞ্চের একটা কোণায়। ওখান থেকে দেখা যায় স্কুলের পেছনের পুকুরটা। কত লোক আসে! কেউ বা কাপড় কাঁচে, কেউ আবার স্নান করে। ওর মনে পড়ে যায় গ্রামের দিন গুলোর কথা।

সেদিনও দুপুরে টিফিনের সময়ে বসে এই সব দেখছিল। এমন সময় হঠাৎ একটা বল এসে পড়লো ওর কোলে। ও কি করবে বুঝতে না পেরে সোজা ঢিল মারলো মাঠের দিকে। আর এটাই যে বদলে দেবে সব কিছু ঘুণাক্ষরেও বুঝতে পারেনি বুবুন।

ঢিল মারা বল সোজা গিয়ে লাগে টুয়েলভের নীহার দত্তের মাথায়। আর বদলা নিতে ছুটে আসা নীহার এক ঘুষিতে ভেঙে দেয় বুবুনের সামনের তিনটে দাঁত। ব্যাথায় আর্তনাদ করে ওঠে বুবুন। পরে যদিও আর কেউ বুবুনকে ওই স্কুলে দেখেনি।

বছর পনেরো পর,

আজ বুবুনের বিয়ে। পাঁচ বছরের প্রেম অবশেষে পূর্ণতা পাচ্ছে আজ। সামনের তিনটে দাঁত বাঁধিয়ে নিয়েছে। আর সেটাও নিজের হবু বউ প্রস্মিতার

হাতেই। এখন বুবুন কলকাতা বিশ্ববিদ্যালয়ের অঙ্কের বিভাগীয় প্রধান। আর নীহার দত্ত ওরই বিভাগের দপ্তরী।

৭

নৈতিক জয়

শিবম সিনেমা হল রামনাথপুরের সব চেয়ে নামী সিনেমা হল। সব বিগ বাজেট সিনেমাগুলো আসে ওখানে। আর সব শো-ই হাউসফুল। আর এই হলের একমাত্র টিকিট ব্ল্যাকার হলো তিলক ভাই। তিলক ভাইয়ের কাজই হলো দ্বিগুণ দামে টিকিট বিক্রি করা। আজ অবধি কেউই পারেনি তিলক ভাইকে বুঝিয়ে টিকিট কম দামে নিতে।

সম্ভ্রম পোদ্দার গ্রামের হর্তা কর্তাদের মধ্যে অন্যতম। বয়স কম কিন্তু বুদ্ধিতে ওর সাথে পাল্লা দেওয়া মুশকিল।

বড়দিনের থ্রিলার ছবি "ল্যাম্পপোস্ট" দেখতে এসেছে সম্ভ্রম আর ওর বান্ধবী। আর যথারীতি আজও সব টিকিট শেষ। অগত্যা ওদেরকে আসতে হয় তিলক ভাইয়ের কাছে। তিলক ভাই একটা কাপল সোফার টিকিট দিয়ে দুশো টাকার জায়গায় চারশো টাকা চায়।

চতুর সম্ভ্রমও ছাড়বার পাত্র নয়। ও বলে, "দেখ ভাই শো শুরু হতে আর দু মিনিট বাকি। লোক আর আসবে না। তোর টিকিট এমনিও নষ্ট হবে। তার চেয়ে বরং দুশোই রাখ। দরাদরি করিস না।"

কিন্তু তিলক ভাই দিতে চায় না অতো কমে। বলে,

"না দাদা এমন করবেন না। আমার খুব লস হয়ে যাবে। এই দামে কেনা, এই দামেই দিলে আমার লস হয়ে যাবে।"

অনেক বাগবিতণ্ডার পরও তিলক ভাই হারাতে পারেনা সম্ভ্রমের যুক্তিকে। অবশেষে কেনা দামেই বিক্রি করতে বাধ্য হয় টিকিট। সম্ভ্রমও খুব খুশি – এই প্রথম তিলক ভাইয়ের থেকে কেউ কম দামে টিকিট পেলো, এটা

ভেবে।

বেচারা তিলক ভাই হেরে যাওয়া সৈনিকের মতো চলে যেতে যেতে সম্ভ্রম ও তার বান্ধবীকে ডেকে বললো,

"ভালোই কমে পেলেন টিকিটটা। গিয়ে দেখুন, খুব ভালো বই। একদম শেষে গিয়ে বুঝবেন তিন নম্বর সিনে ল্যামপোস্ট এর নীচে দাঁড়িয়ে থাকা রুদ্রপ্রসাদই আসল খুনি। চললাম দাদা।"

৪

মাম্মাম

ছোটবেলা থেকেই মাম্মামের সাথে হেমের সম্পর্কটা খুব যে মাখোমাখো বা আর পাঁচটা মেয়ের সাথে তার মায়ের সম্পর্ক ঠিক যেমনটা হয় তেমনটা নয়। খুব ছোট থাকতেই মা মারা যায় নিউমোনিয়ায়। তখনকার স্মৃতি এখন আর মনে নেই। কিন্তু সেইদিনটা মনে আছে। যখন বাবা মাম্মামকে নিয়ে এলো। না, বাবা কিছু বলেনি, আজ অবধি বলেনি। ঠান্মি বলেছিল মাম্মাম ডাকতে। সেই থেকেই মাম্মাম। সেই থেকে ক্যালিফোর্নিয়ায় যাওয়া অবধি ওর দেখাশোনা যেই মানুষটি করেছিল সেই মাম্মাম। মাম্মাম-ও যে কোনোদিন মাতৃত্বের অধিকার দাবি করেছে তা না। কিন্তু হেমের প্রতি নিজের দায়িত্ব কখনো অস্বীকার করেনি।

টিং টং! কলিং বেলটা কে যেন বাজালো।

পোস্টম্যান। একটা কুরিয়ার নিয়ে এসেছে।

ঘরে এসে কুরিয়ারটা খুলতেই দেখলো একটা বিদেশী ঘড়ি গিফট প্যাক করা আর তার সাথে একটা কার্ড। তাতে লেখা,

"হ্যাপি মাদার্স ডে মা। কোনোদিনও বলে উঠতে পারিনি। আজ তুমি কাছে নেই তাই হয়তো আরো বেশি করে বলতে ইচ্ছে করছে। তুমি আমার সৎ মা হলেও তোমার মাতৃত্বের সততা অন্য মায়েদের তুলনায় অনেক বেশি। আই লাভ ইউ মা। তুমি পৃথিবীর সবচেয়ে ভালো মা।"

ভালোবাসা নিয়ো,

তোমার হেমনলিনী।

ছলছল চোখে ঘড়ির বাক্সটা খুলতে লাগলো মাম্মাম। হয়তো এটাই জীবনের সেরা প্রাপ্তি!

ছলছল চোখে ঘড়ির বাক্সটা খুলতে লাগলো মাম্মাম। হয়তো এটাই জীবনের সেরা প্রাপ্তি!

৯

টেলিফোন

ক্রিং ক্রিং (টেলিফোনটা সজোরে বেজে উঠলো)। একে বৈশাখের গরম, রাত সাড়ে বারোটা বাজে, তার মধ্যে লোডশেডিং। বেশ বিরক্তির সাথে বিছানা থেকে উঠে ফোনটা কানে লাগালো শম্ভু।

"হ্যালো।" নিঃশ্চুপ। কয়েক মিনিট থেমে, "হ্যালো, কে বলছেন?"

"রবীন্দ্রনাথ বলছি। চিনতে পারলে?"

"কে রবীন্দ্রনাথ? মানে মাফ করবেন। ঠিক চিনলাম না।"

"রবীন্দ্রনাথ ঠাকুর বলছি। তুমিই শম্ভু তো?"

"কে! কোন রবীন্দ্রনাথ ঠাকুর? কি চাই?" বেশ বিরক্তির সাথে বললো শম্ভু।

"আমি বিশ্বকবি রবীন্দ্রনাথ ঠাকুর বলছি। খুব জরুরি দরকার। তুমি শম্ভুই কথা বলছো তো?"

"দেখুন দাদা এত রাতে মস্করা করার বিন্দুমাত্র ইচ্ছেও আমার নেই। তাই কথা না বাড়িয়ে ফোনটা রাখুন।" ফোনটা কেটে দিলো শম্ভু।

মিনিট দুয়েক পর। আবার বিকট আওয়াজ করে বেজে উঠলো ফোনটা।

"ধুর শালা। কে রে এত রাতে জ্বালাচ্ছে।" বলতে বলতে ফোনটা তুলে কানে লাগালো।

"শম্ভু প্লিজ ফোনটা কেটে দিও না। খুব জরুরি দরকারে তোমাকে ফোনটা করলাম।"

"দেখুন দাদা আপনি যেই হোননা কেন। এভাবে জ্বালালে কিন্তু আমি পুলিশে জানাতে বাধ্য হব। মজা করার জায়গা পাননা? ২০১৯ এ রবীন্দ্রনাথ

ঠাকুর রাত বারোটায় ফোন করছে! ইয়ার্কি মারছেন?" বেশ ধমকের সুরে বললো শম্ভু।

"বিশ্বাস করো শম্ভু আমি সত্যি বলছি। তোমার সাহায্য দরকার আমার। তাই এত রাতে। খুব বিরক্ত করে ফেললাম কি? তার জন্য ক্ষমা চাইছি। কিন্তু তোমার সাহায্য সত্যিই খুব দরকার।"

শম্ভু এবার হো হো করে হেসে উঠে বলল "খুব যে দেখছি অমর হবার শখ দাদুর। তা দাদু নতুন ভাবে লেখালেখি করছেন নাকি সেসব বন্ধ আছে?"

ওপাশের কন্ঠস্বর "অমরত্বের প্রত্যাশা নেই নেই কোনো দাবিদাওয়া। না ঠিক এটা বললেও ভুল বলা হবে দাবি তো আছেই আর তার জন্যই এত রাতে ডিস্টার্ব করা।"

"তা দাদু এবার খুলে বলুন তো কি সেই দাবিদাওয়া।" শম্ভু বলল।

"পরশু ৯ই মে। জানো তো সেই দিনটি কি জন্য বিখ্যাত?" ভদ্রলোক জিজ্ঞেস করলেন।

"পরশু তো পঁচিশে বৈশাখ। রবীন্দ্রনাথ ঠাকুরের জন্মজয়ন্তী।" শম্ভু বললো।

"তুমিতো এপার-ওপার সংবাদপত্রের সম্পাদক। আমার লেখাগুলোকে নিয়ে একটা প্রতিবেদন লিখবে? এমন লিখো যাতে সবাই ভাবে, আত্মানুশীলন করে। যেভাবে আমার গানগুলোকে আধুনিকায়িত করা হচ্ছে। কেন জানিনা আমি নিজের অস্তিত্বকে আমার নিজস্বতাকে হারিয়ে ফেলছি দিন দিন। আর তার সাথে রিমেকের নেশায় বাঙালি হারিয়ে ফেলছে তার গর্ব, তার বাঙালিয়ানা। কিন্তু এভাবে তো সব শেষ হতে দেওয়া যায় না। তাই তোমার সাহায্য দরকার। লিখবে একটা প্রতিবেদন?" ভদ্রলোক বললেন।

"সে সব তো না হয় মানলাম। কিন্তু এত বড় বড় নামজাদা সংবাদপত্র থাকতে আপনি হঠাৎ আমায় কল দিলেন যে। আমি কি আদৌ পারবো আপনাকে সাহায্য করতে?"

"চিন্তা করো না। আমি আছি তো তোমার সাথে।" বলে ফোনটা কেটে দিলেন।

পরদিন সকালে,

"বাবু বাইরে একজন লোক এসেছে। আপনার খোঁজ করছে।"

"কে এসেছে রে? ভিতরে আসতে বল।"

"টেলিফোন অফিস থেকে লোক এসেছে। আপনার ঘরের টেলিফোনটা সাতদিন থেকে নষ্ট হয়ে পড়ে আছে যে। আপনিই তো কমপ্ল্যান

লিখিয়েছিলেন।"

দীপজ্যোতি গাঙ্গুলী

লিখিয়েছিলেন।"

• 17 •

10

প্রমিস

"খুব ব্যস্ত তুমি, তাই না? গত এক ঘন্টা ধরে টানা কুড়ি বার ফোন করেছি। অবশেষে মহারাজার সময় হয়েছে। দেখো সঞ্জয়, আমার পক্ষে এই সম্পর্কটা রাখা আর সম্ভব হবেনা, তুমি যদি এভাবেই আমাকে ইগনোর করো।"

"তুমি এতটা রিয়্যাক্ট কেন করছো? বস-এর সাথে একটা আর্জেন্ট মিটিং ছিল। তাই ফোনটা সাইলেন্ট করে দিয়েছিলাম। আমি মানছি আমার ভুল হয়েছে। তোমাকে আমার জানানো উচিৎ ছিল। কিন্তু মিটিংটা এতটাই আচমকা ডাকা হয় যে আমিও নিরুপায় ছিলাম। তুমি প্লিজ রাগ করো না।"

"ওই মহিলার সাথে তোমার কিসের এত আর্জেন্ট মিটিং বলো তো? কিছু লুকোচ্ছ না তো? আর এখন পৌনে আটটা বাজে। তুমি কথা দিয়েছিলে আটটার সময় তুমি টাইফুন ক্যাফেতে দেখা করবে। আমি পৌঁছে গিয়েছি। বেশি দেরি হলে আমি কিন্তু ফিরে যাবো।"

"আমি কথা দিয়েছি যখন তখন ঠিক পৌঁছে যাবো। বাইরে তো খুব বৃষ্টি হচ্ছে। কিন্তু বাইক আছে সমস্যা হবেনা। প্রমিস। প্লিজ রাগ করোনা।"

****

"নিজেকে সামলা প্রিয়া। তিন বছর হয়ে গেল। আজও তুই ঠিক আটটার সময় টাইফুন ক্যাফে গিয়ে কি করবি বল?"

"ও প্রমিস করেছিল। ঠিক আসবে।"

11

অন্তরে অন্তরে

২২ শে অক্টোবর ২০১৯,

শেষ রিংটা হবার পর আবার সেই মহিলার অসহ্য কথা "দ্য নম্বর ইউ হ্যাভ ডায়াল্ড ইস নট রেস্পন্ডিং।" এবার সত্যিই খুব রাগ হলো সমদ্যুতির। কাল রাতে সেই যে কথা হয়েছিল তারপর এখনো পর্যন্ত একটাও কল নেই। সন্ধ্যা সাতটা বাজে এখন।

২ বছর আগে...

বিকেল ছটা নাগাদ ফেসবুক ওপেন করে সমদ্যুতি। তখনই দেখতে পায় ফ্রেন্ড রিকোয়েস্টটা। নীলাজিৎ সান্যাল। দেখতে বেশ হ্যান্ডসাম। যদিও প্রোফাইল পিকচারে তো টিনচ্যাক পূজাকেও সুন্দর লাগে। তাই খুব একটা বিশ্বাস হয়নি। তবুও একসেপ্ট করেছিল। কে জানে কি ভেবে! তারপর থেকেই শুরু চ্যাটিং।

নীল খুব দুঃখ করতো ওর প্রেমিকা ওকে ছেড়ে চলে গেছে বলে। সমু ওকে অনেকবার জিজ্ঞেস করতো কেন ছেড়ে গেল, কি কারণ ? বারবার নীল বলতো হয়তো আমি ওর যোগ্য ছিলাম না, হয়তো অন্য কেউ আমার থেকেও ভালো কেয়ার করবে ওর, তাই। খুব খারাপ লাগতো সমুর। সেই থেকে ওরা ভালো বন্ধু।

কিন্তু সময়ের সাথে সাথে বন্ধুত্বটা যে কিভাবে প্রেমে পরিণত হলো ওরা নিজেরাই হয়তো জানে না। বেশ কয়েকমাস পরে ওরা নিজেরাই বুঝেছিল যে ওরা দুজন দুজনকে ভালোবেসে ফেলেছে। তারপর থেকে প্রেমের শুরু। রোজ কথা হতো। সমুর মায়ের সাথেও বেশ ভালো কথাবার্তা হতো নীলের।

কাল রাতেও বেশ অনেক্ষন প্রায় ঘন্টা দেড়েক কথা হয়েছিল। নীল আরো কথা বলতে চাইছিল। কিন্তু সমুর খুব ঘুম পেয়ে গিয়েছিল, তাই রেখে দিয়েছিল। সেই জন্যেই কি রাগ করলো নীল। বিভিন্ন চিন্তা মাথায় আসল সমুর।

২ মাস পর...

এই দুই মাসে একটাও কল আসেনি নীলের। ফোন বেজেই গেছে কিন্তু রিসিভ হয়নি। ফেসবুকে লেখা মেসেজগুলোর রিপ্লাই আসেনি। সমুর রাতে ঘুমানোর সময় অন্ধকারে কান্না দেখতেও কেউ আসেনি। কিন্তু আর না, অনেক হয়েছে। ফেসবুকের ফেক প্রেমে আর ও বিশ্বাস করেনা। বাড়ির লোকের কথায় বিয়ে করার জন্য রাজিও হয়েছে। যাই হোক, সেটা অন্তত জানানো উচিত ওই বিশ্বাসঘাতকটাকে।

তাই আজ ও এসেছে ধনেখালী বিডিও অফিস এর কাছে। যেখানে থাকে নীলাজিৎ সান্যাল। বেশ কয়েকজনকে জিজ্ঞেস করার পর অবশেষে খুঁজে পেল বাড়িটা। খুব একটা যে বড় বাড়ি সেটা না, কিন্তু বড়ই বলা যায়।

দু - তিনবার বেল বাজানোর পর একজন বয়স্ক লোক এসে দরজা খুলে দিলো। সমু নিজের নাম বলতেই ওকে ভিতরে আসতে বললো লোকটি। ভিতরে যেতেই চোখ আটকে গেল সমুর। দেখলো ড্রয়িং রুমের দেওয়ালে বিশাল একটা ফ্রেমে বন্দি নীলের ছবি।

বছর তিনেক ধরে ব্লাড ক্যান্সারে ভুগছিল নীল। লাস্ট স্টেজ ছিল। তাই ডাক্তার বলে দিয়েছিল যে কদিন আছে আনন্দে বেঁচে নিতে। নীলের লেখা শেষ চিঠিটা সমুকে এনে দিলো বয়স্ক লোকটি মানে নরেন বাবু, নীলের বাবা। চিঠিতে লেখা,

"জানি না রে সমু, তোকে সত্যিটা না জানিয়ে কতটা ঠকালাম। পারলে আমাকে ক্ষমা করিস। আজ রাতটাই যে আমার শেষ রাত সেটা ক্রমশ বুঝতে পারছি রে। শরীরের ভেতর জ্বালাটা প্রতি মিনিটে মিনিটে বাড়ছে। তাও ইচ্ছে করছিল তোর সাথে কথা বলতে। যাই হোক, অনেক কথা হলো। জানি, কাল সকালে ঘুম থেকে উঠে হয়তো আর কথা বলতে পারবিনা। কিন্তু এই চিঠিটা তোর জন্য। জানিনা মৃত্যুর পর মানুষ কোথায় যায়! কিন্তু যেখানেই থাকি সবসময় তোরই থাকবো। তাই বলে আবার নিজের জীবনটা নষ্ট করিস না পাগলি। ভালো দেখে একজনকে বিয়ে করিস। আমি তোর পাশে থাকতে পারলাম না তাতে কি, না হয় তোর মনের ভিতরেই থেকে গেলাম! অন্তরে অন্তরে। ভালো থাকিস।

।।নীল।।

দীপজ্যোতি গাঙ্গুলী

।।নীল।।

• 21 •

12

আজ-সেদিন

আজ,

"কি দেখছিস ওভাবে? কোনো কথা নেই বার্তা নেই অন্ধকার একটা গলির সামনে এসে দাঁড়িয়ে গেলি। মাথার ঠিক আছে তো তোর!" বলেই বেশ হকচকিয়ে গেল শান্তনু। কয়েক মুহূর্ত থেমে ফের বলল, "রক্তিম, তুই কাঁদছিস? কি হয়েছে খুলে বলতো।"

সেদিন,

রাত আটটা। কেমিস্ট্রি পড়া শেষ। ক্লাস ঘর থেকে বেরিয়ে জুতো পড়ছিলো রক্তিম। ঠিক তখনই পিছন থেকে শুনতে পেল, "এক্সকিউজ মি!" পিছন ঘুরতেই রক্তিম দেখলো মেয়েটাকে, গোলাপি টি শার্ট আর ডেনিম ব্লু জিন্স। আজকেই পড়তে এসেছে এই ব্যাচে। মেয়েটি বলল, "তুমিই রক্তিম ব্যানার্জী, রাইট?" রক্তিম মুচকি হেসে বললো "হমম।" মেয়েটির চোখে মুখে একটা জৌলুস দেখতে পেল রক্তিম। মেয়েটি বলল, "আমি সৌরদীপ্তা। সৌরদীপ্তা বসু। আমি তোমার সব লেখা পড়েছি। আমার খুব ভালো লাগে তোমার লেখা।" রক্তিম আবার মৃদু হেসে বললো, "ওহ, থ্যাংকস। ইটস মাই প্লেসর। বাই দ্য ওয়ে, আমরা সেম ক্লাস, সো তুমি না বলে তুই বললে বেশি খুশি হব।" মেয়েটা বললো, "তাহলে আজ থেকে আমরা ফ্রেন্ড, রাইট?" রক্তিম সম্মতি জানালো।

আজ,

"কি ব্যাপার রে ভাই, কি এত ভাবতে বসলি? দেখ তাড়াতাড়ি বাড়ি ফিরতে হবে। নাহলে কাকিমা আবার রাগারাগি করবে। হাজার হোক নেক্সট

উইকে বিয়ে তোর! এটা মাথায় রাখিস। কি রে আবার কাঁদছিস? খুলে বলতো সবটা। রক্তিম...."শান্তনু এবার ঔৎসুক চোখে তাকালো। রক্তিম অবশেষে চোখ মুছতে মুছতে বললো, "বলছি। কিন্তু বাড়ি ফিরে চল। ঘরে গিয়ে বলবো।"

সেদিন,

"কি ব্যাপার, বেমালুম চুপ করে গেলি যে? কি ভাবছিস এত? আবার লেখার প্লট আসল নাকি? হাই! হ্যালো!" বলে রক্তিমের মুখের সামনে হাত নিয়ে গিয়ে একটা তুড়ি বাজালো সৌরদীপ্তা। এবার বেশ নড়ে চড়ে বসল রক্তিম, বললো, "হ্যাঁ, বল। কিছু বলছিলি?" সৌরদীপ্তা আবার বলতে লাগলো, "আমি কি বলবো? তুই কি বলবি বলেই তো নিয়ে এলি। এখন নিজেই অন্য দুনিয়ায় হারিয়ে গেছিস। এরকম বাজে ডেটিং এর অভিজ্ঞতা বোধহয় কারোর নেই। কেমন একটা আনরোমান্টিক ছেলে! হাঃ!" এবার রক্তিম বেশ কিছুক্ষণ দম নিয়ে বললো, "সাঁথিয়া তোকে বেশ কিছুদিন ধরেই বলব ভাবছি। শুধু তুই কি ভাববি সেটা ভেবে বলিনি। কিন্তু আজ বলবই। আই লাভ ইউ সাঁথিয়া। আমি তোকে ভালোবেসে ফেলেছি।"

আজ,

"শান্তনু শোন না, মা জিজ্ঞেস করছিল সব নেমন্তন্ন ঠিক মতো হয়েছে কিনা? একটু লিস্টটা নিয়ে আয় তো একবার চেক করে নেই। এই এক ঝামেলা। কতবার না করলাম, কে শোনে কার কথা! তুইই বল শান্তনু, বিয়ে না করলে কোন মহাভারত অশুদ্ধ হয়ে যেত। যতসব!" রক্তিমের কথায় বেশ জোরে জোরে হেসে উঠলো শান্তনু বললো, "এখন এরকম বলছিস তো, দেখবি একদিন এই মেয়েই তোকে এত ভালোবাসবে যে তুই ওকে চোখে হারাবি। মিলিয়ে নিস আমার কথা।"

সেদিন,

আজ আকাশ খুব মেঘলা। সবে দুদিন হলো গরমের ছুটিতে বাড়ি এসেছে রক্তিম। ফোনটা বেজে উঠলো ওর। রিসিভ করে কানে লাগালো ফোনটা। "কি ব্যাপার ম্যাডাম? আজ বেশ সকাল সকাল ফোন করলে যে!" ওপাশ থেকে সাঁথিয়া বলল, "আসার পর একবার তো দেখা করারও প্রয়োজন মনে করিস না। পাজি ছেলে। এক ঘন্টার মধ্যে দেখা কর। ক্রুজ মলের সামনে। দেরী করবিনা একদম।" রক্তিম সম্মতি জানিয়ে ফোন রেখে দিলো।

আজ,

এই তোমরা একটু তাড়াতাড়ি করো। বের হতে হবে তো। লগ্ন শুরু হয়ে যাবে এরপর। নিয়ম শেষ করো তাড়াতাড়ি। এই তো প্রায় শেষ, এবার এই ঘটের চারপাশে ঘুরেই বেরিয়ে পড়তে হবে। নিয়ম মেনে ঘটের চারপাশে ঘুরে বেরিয়ে পড়লো রক্তিম। পরনে লাল মান্যবরের পাঞ্জাবী আর তসরের ধুতি। অবশেষে তাহলে বিয়ে হবে রক্তিমের। সাঁথিয়া কি দেখতে পাচ্ছে সবটা? কি ভাবছে ও? ভুল বুঝবে না তো ওকে? রক্তিম তো সত্যিই ভালোবেসেছিলো ওকে। আর এখনও ওকেই ভালোবাসে। বাড়ির চাপে বিয়ে করতে হচ্ছে।

সেদিন,

বেলা সাড়ে বারোটা বাজে। সাঁথিয়া ফোন করার প্রায় আড়াই ঘন্টা হতে চলল। এখনো তো এলোনা। ফোনও ধরছেনা। কি ব্যাপার কিছুই বুঝতে পারছেনা রক্তিম। সাধারণত এত দেরি তো করেনা। তাহলে কি আসবেনা? না সত্যিই আসেনি। বিকেল নাগাদ ফোন আসে রক্তিমের কাছে। তখনই দৌড়ে গিয়েছিল হসপিটালে। না শেষ দেখা আর হয়নি। ততক্ষনে সাঁথিয়া চলে গিয়েছিল রক্তিমকে ছেড়ে অনেক দূরে। যেখান থেকে আর ফিরে আসা যায়না।

****

রক্তিমের বিয়ের আজ পাঁচ বছর হয়ে গেল। শুধু বিয়ের পাঁচ বললে ভুল। ছোট্ট সাঁথিয়ার ও দেড় বছর হয়ে গিয়েছে। ওরা তিন জন আর বাবা মা, পাঁচ জনের বেশ সুখী সংসার ওদের। সত্যিই, শাকুন্তু ঠিকই বলেছিল। একদিন সব ঠিক হয়ে যাবে। আর সেদিন রক্তিম জাহানকে চোখে হারাবে।

আসলে যদি দুটো মন মেলার জন্য তৈরী হয়। তাহলে যত দূরই হোক না কেন, যত দেরিতেই হোক না কেন, তারা মিলবেই। হয়তো আমরা অনেক সময় ভেবে নিই আমরা আমাদের জীবন কার সাথে কাটাবো। কিন্তু আসলে আমরা আমাদের জীবন কার সাথে কাটাবো সেটা তো আমাদের ভাগ্যই ঠিক করে। সবটাই একটা ম্যাজিক!

13

দায়িত্ব

বাসুদেববাবুর স্ত্রী হঠাৎই মারা গেলেন আজ ভোরে। গতকাল রাতেও বেশ স্বাভাবিক ছিলেন। ঘুমের মধ্যেই স্ট্রোক। বাসু বাবুর সাথে ওনার যে খুব মিল ছিল তা নয়। বাসু বাবু ব্যাবসায়ী মানুষ, সারাদিনই প্রায় বাইরে বাইরে থাকতে হয়। আর তাছাড়াও দীর্ঘ পঁয়তাল্লিশ বছরের বৈবাহিক জীবনে ওনারা ছিলেন নিঃসন্তান। তাই কানাঘুসোয় একবার শুনেছিলাম ওনারা নাকি ইদানীং আলাদা ঘরে শোন।

সরকারী হাসপাতাল থেকে ডেথ সার্টিফিকেট নিয়ে বডি রিলিজ করার পর বাসুবাবুই বডি নিয়ে আসেন বাড়িতে। আত্মীয়-স্বজন বলতে মীরা দেবীর দুঃসম্পর্কের এক ভাই আর এক মামাতো বোন। খবর পেয়ে ওনারাও এসেছিলেন শেষ দেখা দেখতে।

এখন বিকেল চারটা। শেষকৃত্য করে সদ্য বাড়ি ফিরলেন বাসুবাবু। যারা এসেছিলেন তারাও ফিরে গিয়েছেন। হঠাৎই কেমন যেন একা মনে হল ওনার। দীর্ঘদিন কথা না হলেও পাশে পেতেন মীরা দেবীকে আজ কেমন যেন খালি খালি লাগছে। ওনাদের সম্পর্কে মধুরতা না থাকলেও স্ত্রী হবার দায়িত্ব সবসময় পালন করে গেছেন মীরা দেবী। এসব ভাবতে ভাবতে ডাইনিং রুমে গিয়ে ফ্রিজটা খুললেন বাসু বাবু। আর তখনই থমকে গেলেন, ফ্রিজে পড়ে আছে গতরাতের রান্না করা বাসি খাবারগুলো। হঠাৎ মনে হল কেউ যেন পাশ থেকে বলল, "সারাদিন কিছুই তো খেতে পারোনি। এগুলোই গরম করে খেয়ে নাও। এখন তো নিজেকেই সবটা সামলাতে হবে।" ওখানেই আটকে গেলেন বাসু বাবু। গলাটা নিজের অজান্তেই ভারী হয়ে আসলো।

তাহলে কি মরে গিয়েও স্ত্রী এর দায়িত্ব পালন করে গেলেন মীরা দেবী?

আণুবীক্ষণিক

তাহলে কি মরে গিয়েও স্ত্রী এর দায়িত্ব পালন করে গেলেন মীরা দেবী?

১৪

নেটফড়িং

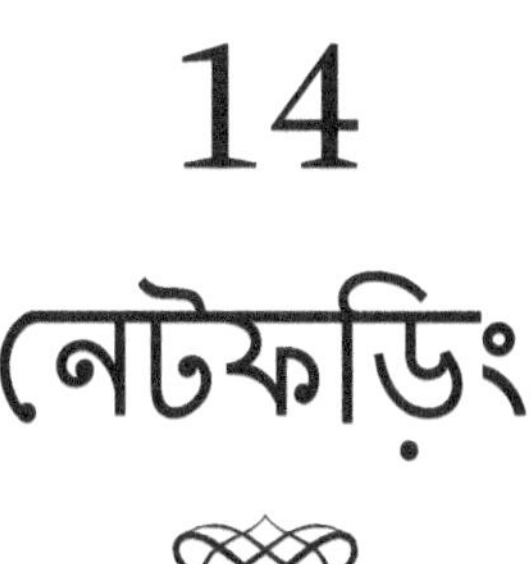

"শোন গৌরব, তুই থাক তোর এই আঁতেলমার্কা সাহিত্য নিয়ে। কাব্য সাহিত্য করে প্রেমটা একদম ব্যাকডেটেড। সাদা কালো সিনেমাতেই শোভা পায়। বাস্তবটা বুঝতে শেখ, না আছে ডি-এস-এল-আর না আছে একটা বাইক। এভাবে রিলেশনটা টিকিয়ে রাখা যায়না। কি হবে এইসব করে?" শালিনীর কথা গুলো শুনে গৌরব ডায়েরীটা বন্ধ করে শালিনীর চোখের দিকে তাকিয়ে জিজ্ঞেস করেছিল "তাহলে তুই-ই বলে দেনা কি করব এবার থেকে।"

"কেনো, ট্রেন্ডের সাথে পা মিলিয়ে চল। ফটোগ্রাফি কর শর্ট ফিল্ম বানা।" শালিনীর কথাটা এক অর্থে হেসে উড়িয়ে দিয়ে গৌরব বলেছিল "দারুণ বললি তো। বেশ ইন্টারেস্টিং। এই ধর যদি সুনীল গাঙ্গুলী গল্প লেখা ছেড়ে হঠাৎ একদিন জাতীয় ক্রিকেট দলে খেলতে শুরু করতো কিম্বা ধর শচীন টেন্ডুলকার ফটোগ্রাফার হয়ে যেত। দারুণ হতো তাইনা!"

সেই যে শালিনী উঠে চলে গিয়েছিল আর ফেরেনি। প্রায় ছয় বছর হতে চললো দেখাও হয়নি। সেই কথাই বসে বসে ভাবছিল গৌরব কলকাতা বইমেলার "কল্পতরু প্রকাশনীর" স্টলে। স্টল লোকের ভিড়ে গিজগিজ করছে। এবারের সব থেকে বেশি ডিমান্ডের বই গৌরব সান্যালের "নেটফড়িং"।

15

আগুনের পরশমণি

সারা দেশ জুড়ে লকডাউন চলছে। রাতের অন্ধকারে গাড়ি চালিয়ে বাড়ি ফেরার সময় শহরে নিস্তব্ধতায় বেশ ভয় করে মৃত্তিকার। চিরকালই অন্ধকারে ভয় পায় ও। তার উপর আবার হসপিটালে কাতারে কাতারে লোক অসুস্থ হচ্ছে আর মারা যাচ্ছে।

আজ গাড়িটা হসপিটাল চত্বর পেরোতেই বেশ অবাক লাগলো মৃত্তিকার। অন্ধকার শহরটায় যেন হাজারো জোনাকি জ্বলে উঠেছে। আকাশও আজ আলোয় আলোময়। প্রতিটা বাড়িতে, ফ্ল্যাটের বারান্দায় জ্বলছে প্রদীপ আর মোম।

মৃত্তিকা গাড়ি থামিয়ে দেখলো চারপাশটা। এ কিসের আভাস? কিসের আলো? তাহলে কি এটাই আশার আলো! প্রতিদিনের যুদ্ধ শেষে এরকম একটা দৃশ্য দেখে আজ সত্যিই মনোবল বেড়ে গেল ওর। না আজ আর বাড়ি ফেরা যাবে না। হসপিটালে একশো পজিটিভ কেস। যতই হোক যুদ্ধ জয়ের হাতিয়ার তো ওদের হাতেই।

গাড়িটা ঘুরিয়ে হসপিটালমুখো হলো, আর মনে মনে বলে উঠলো,
"তমসো মা জ্যোতিগর্ময়
মৃত্যোর্মা অমৃতম্গময়
শান্তি শান্তি ওম।"

16

হারবেরিয়াম

চিরকালই ভীষণ উদাসীন গোছের মানুষ প্রজ্বল বাবু। সারাটা জীবন অধ্যাপনা আর গবেষণার মধ্যে ডুবে থাকতে গিয়ে কখনই আর সেভাবে নিজের বাড়িটার প্রতি খেয়াল করা হয়নি। তাই এবার অবসর গ্রহনের পর থেকে ঘর গোছানোর প্রতি একটু আগ্রহী হয়েছেন। প্রতি রবিবার বাড়ির বিভিন্ন অংশ ধরে ধরে গোছান। বাড়িটা যদিও ওনার নিজের বানানো নয়। ওনার ঠাকুরদা প্রীতিনাথ বাবু যখন দেশ ভাগ্যের সময় এদেশে চলে আসেন, তখন উনি বানিয়েছিলেন।

প্রতি রবিবারের মতো আজও উনি লেগে পড়েছেন পরিষ্কার করার কাজে। আজ খানিকটা কঠিনই হবে কাজটা। কারণ এই ঘরটা প্রায় অনেকদিন ধরে বন্ধ। একটা সময় যখন উনি নিজে ছাত্র ছিলেন তখন এই রুমটা ওনার স্টাডি রুম ছিল। পরে ওনার মা এটাকে স্টোর রুম হিসেবেও ব্যবহার করেছেন। মা মারা যাওয়ার পর এটা বন্ধই ছিল। আজ এত বছর পর আবার এটা খুলছে।

প্রায় ঘন্টা খানেক পেরিয়ে গেল, বেশ খানিকটা পরিষ্কারও হয়ে গিয়েছে। অনেক পুরনো স্মৃতি খুঁজেও পেয়েছেন। এরই মধ্যে আটকে গেলেন প্রজ্বল বাবু। একগাদা খাতা বইয়ের মাঝে খুঁজে পেলেন একটা হারবেরিয়াম। সেই হারবেরিয়াম, যেটাতে একটা সময় সযত্নে আগলে রাখতেন, ওনার প্রথম ডেটের ছবি, প্রেমিকার দেওয়া লাল গোলাপ, প্রথম একসাথে দেখা সিনেমার টিকিট, আরও কত কি!

দেখতে দেখতে ওনার চোখে জল এসে গেল। মাঝে কতগুলি বছর পেরিয়ে গেল। থামিয়ে দিলেন কাজ। ঘর থেকে বেরিয়ে সোজা চলে গেলেন নিজের ঘরে। ফোনটা হাতে নিলেন তারপর রান্না ঘরে গিয়ে স্ত্রী-কে বললেন। আজ বিকেলে সিনেমা দেখতে যাবে? রাতে ডিনারটাও না হয় বাইরেই...

ওনার স্ত্রী বেশ অবাক হয়ে বললেন, "কি ব্যাপার বলো তো?"

প্রজ্জ্বল বাবু একটা স্বস্তির হাসি হেসে হারবেরিয়াম ফাইলটা বের করলেন। বললেন,

"আমাদের মতো ফাইলটারও পাতা প্রায় ফুরিয়ে এসেছে। ফাইলটা শেষ করতে হবে তো!"

17

খেলা শেষ

আজ সকাল থেকেই ভীষণ উত্তেজিত হয়ে আছে রো। হবে নাই বা কেন, আজ ওদের স্কুলের ইন্টার ক্লাস ক্রিকেট টুর্নামেন্টের দ্বিতীয় দিন। আর আজ ও নিজে মাঠে নামবে। সকাল থেকেই বেশ জোর কদমে তার তোড়জোড় ও শুরু করে দিয়েছে। বেরোনোর আগে একবার ফাইনাল চেকও করে নিল সবকিছু ঠিকঠাক নিয়েছে কিনা?

গাড়িতে যাওয়ার সময় রো একবার বাবার দিকে তাকাল। বুঝল বাবা বেশ চিন্তিত এখন আর কিছু জিজ্ঞেস করা যাবেনা। যদিও আজ ও অনেকটা বেশি কনফিডেন্স পাচ্ছে। কারন, আজ রো ওর বাবার ব্যাট নিয়ে খেলবে। সেই ব্যাট যেটা নিয়ে বাবা একটা সময় রঞ্জি খেলেছে, সেই ব্যাট যেটা নিয়ে বাবা একটা সময় বড় বড় বোলারদের অবস্থা খারাপ করে দিয়েছে। কিন্তু একদিকে একটা চাপা টেনশনও হচ্ছে যদি আজ ও খেলতে না পারে তাহলে সেটা বাবাকে অপমান করা হয়।

অবশেষে খেলা শুরু হল, রোমিদের প্রথমে বোলিং। শুরুতে দুটো উইকেট হারালেও ভালো সামলে নিয়ে খেলছে বিপক্ষ দল। এভাবেই শেষ অবধি বড় রানের টার্গেট দিল রোমিদের। খেলা শুরুর চার ওভারের মাথায় দুই উইকেট পড়ে যায়। তাই আজ অনেকটা তাড়াতাড়িই মাঠে নামতে হল রো-কে।

রনেন্দ্র বাবুর চোখে মুখে চিন্তার ছাপ প্রবল। ছেলের ফুট-ওয়ার্কটা এখনও পারফেক্ট নয়। অফ-স্টাম্পের বল গুলোতে উইকেট ছুড়ে দেয়। উনি ঠিক দেখতেও পাচ্ছেননা। সামনের ছেলেগুলো বারবার দাঁড়িয়ে যাচ্ছে। হঠাৎ ওনার নজর পড়লো স্কোর-বোর্ডটার দিকে আর কেমন যেন সব কিছু গুলিয়ে

গেল মনে পড়ে গেল ১৯৯৭ এর বেঙ্গল কাপ ফাইনালে ঠিক এতই রান লাগতো। সেদিন তুখোড় ব্যাটিং করার পরও শেষ বলে চারটা রান করতে পারেননি। আর হয়তো সে জন্যই আর ন্যাশনাল... আবার সম্বিত ফিরে পেলেন রনেন্দ্র বাবু। স্কোর-বোর্ডে ১১৮ রান। আর ৩ বলে ৬ রান দরকার। রনেন্দ্র বাবু পাশ থেকে শুনতে পেলেন কেউ যেন চেঁচিয়ে বলল "রন, হিট ইট হার্ড"। হকচকিয়ে গিয়ে আশপাশটা দেখলেন। তবে কি মনের ভুল? আর তখনই প্রবল চিৎকারে মাঠ উত্তাল হয়ে গেলো। রনেন্দ্র বাবু সামনেটা ঠিক করে দেখতে পারছেন না। ওনার সামনেটায় সবাই দাঁড়িয়ে রয়েছে। উচ্ছ্বাসে ফেটে পড়ছে মাঠ। উনি কিছুই বুঝতে পারছেন না। ঠিক তখনই ওনার চোখ গেলো পাশে বসে থাকা স্ত্রী-এর দিকে। তার চোখে জল।

রনেন্দ্র বাবু স্পষ্ট বুঝতে পারলেন এ কিসের ইঙ্গিত। গর্বে ওনার বুক কিছুটা চওড়া হয়ে গেলো। চোখের কোণে খানিকটা জলও ছিল কি?

তা জেনে আর লাভ নেই। কারণ এমনটা তো হওয়ারই ছিল। বাবার ব্যাট নিয়ে খেলে কেউ কি হারতে পারে?

18

ভাষা

সৌপ্তিকের সাথে তমালিকার ঝগড়া গত তিন বছর থেকে। ওরা দুজনই বাংলার বাইরে থেকে লেখাপড়া করছে। সৌপ্তিক কোনদিনও নিজের বাঙালিয়ানা থেকে বেরতে পারেনি। আর সেটা নিয়ে প্রতি মুহূর্তেই অবাঙালী বন্ধুদের কাছে খিল্লি শুনতে হয়। আর তমালিকা শুরু থেকেই নিজেকে অবাঙালী ছন্দে মানিয়ে নিয়েছে। আর সেখান থেকেই ঝগড়ার শুরু।

"তুই কোনদিনও মডার্ন হতে পারবি না। সবসময়ই ভেতো বাঙালী থেকে যাবি। এতই যদি বাংলা প্রীতি তাহলে আসলি কেন বাংলার বাইরে? যতসব!"

"বাংলায় থাকার সুযোগ পেলে বাংলায়-ই থাকতাম। আর নতুন জায়গায় এসে নিজের সংস্কৃতি ভুলে যাবো, সেই মানসিকতা আমার নেই।"

"থাক তুই তোর সংস্কৃতি নিয়ে। আমার সাথে কোনও যোগাযোগ রাখিস না। তোর জন্য আমাকেও সবাই বোকা আর আনস্মার্ট ভাববে।"

আজ তিন বছর পর ওদের ফেয়ারওয়েল। আজ কলেজের হয়ে শেষ পারফরম্যান্স ওর। স্টেজে উঠে গান শুরু করল ও,

"আমি বাংলায় ভালোবাসি

আমি বাংলাকে ভালোবাসি

আমি তারই হাত ধরে সারা পৃথিবীর মানুষের কাছে আসি।

আমি যা কিছু মহান বরণ করেছি

বিনম্র শ্রদ্ধায়

দেখি তের নদী সাত সাগরের জল গঙ্গায় পদ্মায়

বাংলা আমার তৃষ্ণার জল

তৃপ্ত শেষ চুমুক

আমি একবার দেখি, বারবার দেখি, দেখি বাংলার মুখ।"

মাতৃভাষা মানে অনাধুনিকতা নয়। মাতৃভাষার মাঝেই আছে আত্মপরিচয়। এই কথাটা যে কতটা সত্য সে স্টেজে দাঁড়িয়ে বুঝে গিয়েছিল ও, ক্ল্যাশের আলোয় সামনে দাঁড়িয়ে থাকা তমালিকার চোখের কোণে চিকচিক করতে থাকা জল দেখে।

19

অপয়া

ছেড়ে যাওয়ার সময় অনুশ্রী বলেছিল,

"তোর সাথে থাকলে আমার জীবনে শুধু খারাপই হবে। ভাল কিছুই হবেনা। তুই একটা অপয়া।"

সাবর্ণ শুধু চুপ করে শুনেছিলো।

আজ অনুশ্রীর জীবনের এক অন্যতম শ্রেষ্ঠ দিন। আজ ও মা হতে চলেছে। অপারেশন থিয়েটারের বাইরে অপেক্ষা করছে ওর পরিবার। কিছুক্ষণ পরেই সব অপেক্ষার অবসান ঘটিয়ে বেরিয়ে এলেন ডাঃ সাবর্ণ মিত্র।

"কনগ্র্যাচুলেশনস, ইউ হ্যাভ আ বেবি গার্ল।"

ফড়িং কথা

অনলাইন ও অফলাইন ম্যাগাজিনের পাশাপাশি নব উদ্যমে শুরু হল নেট ফড়িং সম্পাদিত একক বই এর কাজ। এই আঙ্গিকে প্রকাশিত হল একক গল্পগ্রন্থ 'আণুবীক্ষণিক'। লেখক নেট ফড়িং এর অন্যতম কলম সৈনিক দীপজ্যোতি গাঙ্গুলী। নেট ফড়িং এর ওপর বইটি সম্পাদনা ও প্রকাশ করার গুরুভার অর্পণ করার জন্য অসংখ্য ধন্যবাদ লেখক-কে। আশা রাখছি পাঠকরাও একইভাবে বইটিকে ভালোবেসে আপন করে নেবেন। শুভেচ্ছা ও অভিনন্দন জানাই প্রিয় লেখক দীপজ্যোতি গাঙ্গুলী-কে। আপনার লেখনী সমৃদ্ধ করুক বাংলা সাহিত্য-কে।
-টিম নেট ফড়িং

একক বই এর নেপথ্যে-

আপনার একক বই এর জন্য লেখার পাণ্ডুলিপি পাঠান বাংলাতে টাইপ করে বা ডক ফরম্যাটে Whats App বা Mail এ। পাণ্ডুলিপির সাথে লেখকের নাম-ঠিকানা, ফোন নম্বর ও মেইল আইডি থাকা আবশ্যিক। পাণ্ডুলিপি মনোনীত হলে মেইল এর উত্তর পাবেন। বিস্তারিত জানতে যোগাযোগ করুন।

Whats App- 7501403002

Mail Id- netphoring@gmail.com

নেট ফড়িং এর প্রতিটি সংখ্যা পড়তে ক্লিক করুন নেট ফড়িং এর ওয়েবসাইট www.netphoring.com এ। নেট ফড়িং এর ব্লগে লেখা পোস্ট করতে মেইল করুন netphoring@gmail.com এ। লেখার ওপর উল্লেখ করুন নেট ফড়িং ব্লগ।

পাঠকের মতামত নেপথ্যে-

কি করে জানাবেন আপনার মতামত, কেমন লাগছে নেট ফড়িং এর অনলাইন ও অফলাইন সংখ্যা? কেমন লাগছে নেট ফড়িং সম্পাদিত বইগুলো? আপনার মতামত জানিয়ে মেইল করুন আমাদের netphoring@gmail.com এ সম্পাদকীয় প্রসঙ্গে মতামত জানাতে মেইল করুন sealbikram9@gmail.com এ। হোয়াটস আপ করতে পারেন ৭৫০১৪০৩০০২ এই নম্বর এ। আপনাদের মতামতই আমাদের চলার পথের অনুপ্রেরণা।

আমাদের ফেসবুক পেজ এর লিঙ্ক https://facebook.com/netphoring

আমাদের ওয়েবসাইটের লিঙ্ক https://www.netphoring.com/